LES

DEUX COUSINS,

OU

RÉPONSE

D'un petit Duc à un petit Roi.

A BORDEAUX,

DE L'IMPRIMERIE DE J. LEBRETON, RUE DES LOIS N°. 3

M. DCCC. XXXII.

LES DEUX COUSINS,

ou

RÉPONSE

D'un petit Duc à un petit Roi.

———————

Ce 6 Mars 1832.

MON COUSIN,

Lorsque vous m'écrivîtes, il y a onze ans, une charmante petite lettre en six couplets d'une très jolie facture, j'étais au berceau ; c'est vous avouer que je ne pouvais encore la comprendre : je suis franc. Aujourd'hui que me voilà dans ma douzième année, je m'explique fort bien toute votre pensée, et je viens vous le prouver. Je ne vous répondrai qu'en prose, car voyez-vous, moi, je ne sais pas faire de vers, surtout je n'aime pas ces figures de rhétorique qui donnent lieu à mille interprétations différentes, et j'ai prié mon précepteur de les effacer de mon cours d'éducation : je m'applique tout bonnement à justifier, un jour, ces paroles de mon grand papa, répétées avec tant d'enthousiasme par TOUS les journaux de l'épo-

que : « Heureuse France , si jamais il est Roi ! »

« Quel destin m'est promis ! A quoi suis-je appelé ?... »

à faire le bonheur de la France.

Vous me dites :

Salut ! petit cousin germain,

Croyez que je vous rends ce salut du meilleur de mon cœur.

D'un lieu d'exil j'ose t'écrire.

Je vous en offre autant, avec cette différence néanmoins que je ne l'avais pas mérité ; que je n'ai cédé qu'à la méchanceté, à l'envie, à la haine, et qu'ici on m'entretient dans la souvenance de mon pays qui *sera mes amours toujours,* oh ! oui, *toujours !* Aussi, j'entends une voix dans mon cœur qui me répète sans cesse :

« Tu verras quelque jour la France rajeunie
» Se lever tout entière à ta voix....... »

et les bons Écossais qui me disent :

« Le présent est douteux : il te confie à nous
» Comme le germe heureux d'un avenir plus doux !
» Vois d'un arbre lointain la semence féconde,
» Sur d'autres bords, malgré la barrière de l'onde,
» Déposer les trésors dans son sein contenus,
» Et son ombre étrangère, et ses fruits inconnus !
» N'es-tu point réservé pour un pareil prodige,
» Précieux rejeton d'une héroïque tige,
» Par de fidèles mains sur nos bords transplanté ?
» Mais pour donner ces fruits, qu'attend la liberté,
» Tu dois croître à l'écart, t'élever en silence.
» Oui, ceux à qui le sort confia ton enfance,
» De ce dépôt sacré connaîtront tout le prix. »

A propos de l'*envie*, méfiez-vous de *vos parens*. «L'en-
» vie, acharnée contre le mérite, ne le respecte ni dans
» les grandes places ni sur le *trône*. »

Ah ! ça, je vous prie de vous défaire de ce cérémonial :
« J'ose t'écrire, » bon, tout au plus, entre un niais et
un poulot; mais entre cousins comme nous, je veux que
ce soit à la bonne franquette.

> La fortune te tend la main :
> Ta naissance l'a fait sourire.

On a joliment souri ! dites donc, est-ce par hasard que
vous auriez oublié certaine *protestation* de certain mien
cousin, gros, gras, grand, joufflu, rebondi, réjoui,
épanoui, aimant, adorant, idolàtrant, encoffrant les re-
venus attachés à la coiffure que vous savez? — Je vous
assure bien, parole d'honneur, que celui-là n'a pas plus
souri à ma naissance qu'à la vôtre.

> Mon premier jour fut aussi beau :
> Point de Français qui n'en convienne.
> Les Rois m'adoraient au berceau,
> Et cependant je suis à Vienne !

Je n'ai rien à dire à cela, sinon qu'un gros mouton
(*pas de mauvaise plaisanterie, s'il vous plaît !*) traînait
votre voiture escortée d'hommes à longues moustaches et
à plus longues piques, et que j'étais, moi, bercé, gardé,
béni par les mains de la reconnaissance.

> Je fus bercé par tes faiseurs
> De vers, de chansons, de poèmes :
> Ils sont comme les confiseurs,
> Partisans de tous les baptêmes.

Bien dit, mon cousin ! vous avez un tact merveilleux pour juger les faiseurs de vers : *ils ne sont que partisans des baptêmes,* et des *faveurs,* si vous voulez bien. A bon entendeur, salut ! Avis surtout à certain grand Poulot de comique et niaise mémoire, sauf le respect que je lui dois. — *Tout flatteur vit aux dépens de celui qui l'écoute,* entendez-vous, monsieur le petit général ? — Bah ! il est trop sot pour comprendre.....

> Les eaux d'un fleuve bien mondain
> Vont laver ton ame chrétienne.
> On m'offrit de l'eau du Jourdain,
> Et cependant je suis à Vienne !

Vous avez une excellente mémoire, et je vous en félicite : cultivez-la bien. Mais ce que vous ne savez peut-être pas, c'est que vous n'êtes que le fils d'un *seul* grand homme, et que je suis fils de VINGT grands Rois, et que je serai GRAND moi-même, car je crois que la véritable grandeur consiste à rendre ses peuples heureux, et on peut compter sur moi.

> Ces juges, ces pairs avilis
> Qui te prédisent des merveilles,
> De mon temps juraient que les lis
> Seraient le butin des abeilles.

Comme c'est drôle ce que vous me dites-là ? — Quoi ! M. de Talley..... lui-même n'en savait pas plus long ? — En verité, vous m'étonnez. Ventre-saint-gris ! je suis donc plus savant que lui, car.... « La vérité est que tout » ce qui était dans ce cabinet jouait la comédie. — Celle- » là était belle ; les acteurs en étaient grands et illustres... » et par là nous pouvons juger que ce n'est pas toujours

» sur les théâtres des farceurs que se jouent les meilleures
» pièces..... »

A propos des pairs, concevez-vous quelque chose à
leur conduite ? Les uns se suicident de gaîté de cœur : ils
votent leur mort comme on voterait un déjeûner, ou
comme la chambre des députés vote les *douzièmes* provi-
soires. Les autres, pour me servir, disent-ils, donnent
leur démission, et vont vivre dans leurs terres. Jolie ma-
nière de me rendre service et de me prouver leur dévoû-
ment ! Quand ils devraient rester sur la brèche, ils se ca-
chent dans le trou du souffleur, à peu près comme fit
votre papa à Waterloo..... Pardon, pardon, je ne vou-
lais pas faire une personnalité.

> Parmi les nobles détracteurs
> De toute vertu plébéienne,
> Ma nourrice avait des flatteurs,
> Et cependant je suis à Vienne !

Par exemple, ici je ne conçois pas votre étonnement.
Songez donc, mon cher cousin, que grace aux principes
et à la façon d'agir de votre papa, et du train dont il y al-
lait, les habitués de votre château pouvaient, un beau
matin, être obligés de saluer la comtesse, la marquise,
voire même la duchesse de......, votre nourrice. C'est
comme maintenant à Paris : grace à M. C. P., on se
couche simple prolétaire, et on se lève chevalier de la lé-
gion d'honneur. — M. C. P. qui donne des croix d'*honneur !* — « La chose n'est pas nouvelle, ce n'est pas la
» première fois que vous l'éprouverez, et si vous vivez
» long-temps, ce ne sera pas la dernière, car l'infamie
» est toujours de vogue ».

———

Sur des lauriers je me couchais ;
La pourpre seule t'environne.

Alte-là, mon cousin ! le dépit vous aveugle , et ce n'est pas bien de se laisser emporter par la passion. — J'augurais mieux de votre franchise, car vous aussi vous êtes français. — Vous ne comptez donc pour rien l'Espagne, Navarin, Alger ? — Préféreriez-vous Jemmapes et Valmy ? — Vous riez à ces mots ?... Je ne vous dispute pas d'avoir *couché sur des lauriers* qui ont coûté à recueillir, bien du sang à la pauvre France épuisée ; mais ne me refusez pas le droit de m'enorgueillir de cette expédition qui a rendu la liberté à un peuple écrasé sous le joug de l'esclavage , et de cette autre qui a purgé les mers d'un brigand sans pitié, de qui la terreur et l'effroi avaient rendu tributaires toutes les nations du monde.

Croyez-vous que si j'eusse été à *mon poste* , les héroïques Polonais auraient été égorgés si brutalement ? Que l'Italie aurait été inondée de sang ? Que le brave général Torrijos serait traîtreusement tombé avec ses compagnons sous les balles espagnoles ? — Non. « Je n'aurais pas souf-
» fert qu'il se tirât un seul coup de fusil sur le continent
» sans ma permission. » Souvenez-vous de Galotty.....

Des sceptres étaient mes hochets ;
Mon bourlet fut une couronne.

Je n'en eusse pas voulu. Je préfère à ces joujoux-là les cœurs de mes amis.

« D'un triomphe si doux laisse-moi l'espérance ;
» Que ces chants entre nous soient un secret lien
» Qu'au nom du sol natal, vos cœurs, amis de France,
» Battent à l'unisson du mien ! »

Cela vaut beaucoup mieux.

> Méchant bourlet ! puisqu'un faux pas
> Même au saint Père ôtait la sienne :
> Mais j'avais pour moi nos prélats,
> Et cependant je suis à Vienne !

C'est bien ! j'aime votre franchise et votre juste courroux contre une injustice. Vous savez : « Ne faisons pas à autrui, etc. » Faites-moi le plaisir de répéter cette phrase, mais dans son entier, à un de nos parens , gros financier des environs, qui paraît aimer les écus ; dites-lui que « bien mal acquis ne prospère pas. » Il en sait déjà quelque chose, s'il faut en croire la rumeur publique.

« Un songe, un rien, tout lui fait peur. »

« Alors, ne trouvant plus dans le souvenir du passé
» que des regrets qui l'accablent, dans tout ce qui se passe
» à ses yeux que des images qui l'affligent, dans la pensée
» de l'avenir que des horreurs qui l'épouvantent, ne sa-
» chant plus à qui avoir recours, ni aux créatures qui lui
» échappent, ni au monde qui s'évanouit, ni aux hommes
» qui ne sauraient le délivrer de la mort, ni au Dieu juste
» qu'il regarde comme un ennemi déclaré dont il ne doit
» plus attendre l'indulgence ; il se roule dans ses propres
» horreurs, il se tourmente, il s'agite pour fuir la mort
» qui le saisit, ou du moins pour se fuir lui-même. Il sort
» de ses yeux mourans je ne sais quoi de sombre et de
» farouche qui exprime les fureurs de son ame ; il pousse
» du fond de sa tristesse des paroles entrecoupées de san-
» glots qu'on n'entend qu'à demi, et l'on ne sait si c'est
» le désespoir ou le repentir qui les a formées. Il jette
» sur un *Dieu crucifié* des regards affreux, et qui laissent

» douter si c'est la crainte ou l'espérance, la haine ou
» l'amour qu'ils expriment; il entre dans des saisisse-
» mens où l'on ignore si c'est le corps qui se dissout,
» ou l'ame qui sent l'approche de son juge ; il soupire
» profondément, et l'on ne sait si c'est le souvenir de
» ses crimes qui lui arrache ces soupirs, ou le désespoir
» de quitter la vie. Enfin, au milieu de ces tristes efforts,
» ses yeux se fixent, ses traits changent, son visage se
» défigure, sa bouche livide s'entr'ouvre d'elle-même,
» tout son esprit frémit, et par ce dernier effort son
» ame infortunée s'arrache comme à regret de ce corps
» de boue, tombe entre les mains de Dieu, et se trouve
» seule au pied du tribunal redoutable.... »

Quant aux maréchaux, je crois peu
Que du monde ils t'ouvrent l'entrée.

Vous êtes donc sorcier, mon cousin ! Prenez garde
à la chemise de souffre que les *légitimistes* préparent
à M. Casimir Périer, qui cependant n'est pas sorcier.
— Je ne vous en dis pas davantage.

Ils préfèrent au cordon bleu
De l'honneur l'étoile sacrée.

....
....
....

Ce que je fais ? — Mais je ris, et de toutes mes forces
encore. — Par exemple, je ne vous croyais pas aussi
crédule. — C'est trop drôle ; je veux répéter :

Ils préfèrent au cordon bleu
De l'honneur l'étoile sacrée.

Ah, ah, ah, ah, ah. — De grace, un moment. — Oh, oh, oh.

Ils préfèrent............

Ils vous l'ont dit sans doute ; mais je les ai vus, moi qui vous parle, qui vous écris, veux-je dire, pendant onze ans, et vous pouvez m'en croire.

Je fais une réflexion : peut-être nous trompons-nous l'un et l'autre ; oui, c'est cela. Ces messieurs *préfèrent...* .... l'argent .... emplois .... C'est juste. « A chacun selon » sa capacité », comme dit Saint-Simon.

> Mon père à leur beau dévoûment
> Livra sa fortune et la mienne :
> Ils auront tenu leur serment,
> Et cependant je suis à Vienne !

Veuillez supposer que je vous ai fait moi-même cette confidence, et nous serons quittes.

« Tendre piété ! jamais vous n'avez habité dans un » cœur corrompu : la honte y a pris votre place ; elle » prend aussi vos traits, lorsqu'elle veut sortir de ces » replis obscurs où le crime l'a fait naître ; elle couvre de » votre voile sa confusion, sa bassesse. Sous ce lâche dé- » guisement elle ose donc paraître ; mais elle soutient mal » la lumière du jour : elle a l'œil trouble et le regard » louche, elle marche à pas obliques dans des routes sou- » terraines où le soupçon la suit ; et lorsqu'elle croit échap- » per à tous les yeux, un rayon de la vérité luit, il perce » le nuage ; l'illusion se dissipe, le prestige s'évanouit, » le scandale seul reste, et l'on voit à nu toutes les dif- » formités du vice grimaçant la vertu. »

Un mot encore, je vous prie. — Savez-vous, mon cousin, ce que c'est qu'une courtisanne ? — Que ce mot ne vous effraie pas dans la bouche d'un bambin de douze ans : je me hâte de m'instruire, pour me rendre plus tôt digne de mes amis, car j'ai des amis, moi, et même beaucoup.

> « Pays si cher à ma mémoire,
> » Objet constant de mes désirs ;
> » Tu gardes mes momens de gloire,
> » D'amour, de joie et de plaisirs.
> » Loin de toi la perte d'un trône
> » Ne peut éveiller mes douleurs,
> » Et j'ai moins pleuré ma couronne
> » Que tes eaux, ton ciel et tes *cœurs.* »

J'étudie surtout la valeur des mots, science indispensable par le temps qui court ; aussi je sais déjà que lorsqu'un courtisan dit au roi : « Sire, je vous suis dévoué » quand même », il faut entendre : « Sire, vous ne me » donnez que cinquante mille francs de pension sur votre » cassette, pour ne rien faire ; ce n'est pas assez : je » passe du côté de vos ennemis. »

Pour un président qui dit : « Sire, la Cour rend des » arrêts, et non pas des services », entendez : « Sire, » les arrêts à vous, les services au carbonarisme. »

Si un prince du sang dit : « Sire, je suis à vous à la » vie, à la mort », entendez encore : « Sire, je veux et » j'aurai votre couronne. » Mais revenons.

Vous ne savez pas ce que c'est qu'une courtisanne ? — Non. — Eh bien ! je vais vous l'apprendre. — Une courtisanne est une femme qui *fait semblant* de s'attacher à un homme riche qu'elle ruine, pour *faire semblant* de s'attacher à un autre qu'elle ruine encore, pour *faire semblant* de s'attacher à un troisième qu'elle ruinera. — Me comprenez-vous ? — Oui. — C'est bien. — Continuons.

Laissez-moi donc auparavant répéter encore une fois :

> Ils préfèrent au cordon bleu
> De l'honneur l'étoile sacrée.

Oh, oh, oh, oh. — Il faut que j'en finisse avec votre crédulité. — Je pourrais en étouffer.

———

> Près du trône si tu grandis,
> Si je végète sans puissance,
> Confonds ces courtisans maudits,
> En leur rappelant ma naissance.

Et la mienne donc ? Ne les avez-vous pas entendus chanter en chœur :

« Chantez au Seigneur un nouveau cantique, car un » petit enfant nous est né, un fils nous a été donné, l'es- » poir et la gloire d'Israël. »

> « Les entends-tu, chaste Reine des anges,
> » Ces tintemens de l'airain solennel ?
> » Le peuple en foule entourant ton autel,
> » Avec amour répète *mes* louanges. »

La France disait alors avec enthousiasme :

> « Tendre arbrisseau menacé par l'orage,
> » Privé d'un père, où sera ton appui ?
> » A ta faiblesse il ne reste aujourd'hui
> » Que mon amour, mes soins et mon courage. »

Je crois même avoir entendu dire que M. de Tall..... était de la partie, et qu'il chantait plus fort que les autres.

« Que de traits caractéristiques n'offrent point les cour-
» tisans !

» Incapables de soutenir la vue d'un honnête homme,
» orgueilleux avec leurs inférieurs, timides devant leurs
» concitoyens, lâches devant les étrangers, ils sont des
» esclaves tout prêts pour le premier maître. »

Au reste, soyez tranquille, mon cousin ; je leur garde
une belle et bonne vengeance dont vous ne vous doutez
sûrement pas. Je veux qu'ils meurent de douleur et de
dépit sous le poids de mes.... bienfaits. Nous verrons qui
sera le plus tôt fatigué, moi d'être bon et généreux, eux
d'être inconstans. Je leur dirai : « Ce n'est point au roi de
» France de venger les injures faites au duc de Bord.... »
Les ingrats ! ils m'ont peut-être déjà oublié, moi qui
prie tous les jours pour eux :

« Mère des affligés, refuge du pécheur
» Priez pour eux.......................
» .... Rose mystérieuse,
» Priez pour eux......................
» Priez, Vierge sacrée et digne de louanges!
» O vous, Reine des Saints, des martyrs et des anges,
» Priez pour eux ! »

Moi qui voudrais les serrer sur mon cœur, comme au
premier Janvier je *serrais dans mes petites mains le doigt
d'un président* qui venait me souhaiter la bonne année!

Dis-leur : « Je puis avoir mon tour,
» De mon cousin qu'il vous souvienne :
» Vous lui promettiez votre amour,
» Et cependant il est à Vienne ! »

Tenez, mon cousin, quoi que vous en disiez, je ne
pourrai leur garder rancune. « Les ames douces et sen-

» sibles ont des bizarreries qui sont lettres closes pour
» le commun des hommes. » Je suis ainsi fait.

« *Français,* laissez couler vos larmes[1]
« Qui vous rendra jamais les biens que vous perdez?
» Ces jours trop peu connus d'un règne sans alarmes,
» En vain aux Dieux jaloux trop souvent demandés?
» *France,* si de l'objet de sa douleur profonde
» Elle eût reçu les lois,
» Aurait connu dès-lors ces délices du monde
» Qu'on ne vit qu'une fois. »

Mais cela viendra; soyez sûr que cela viendra....

« Adieu, plaisant pays de France,
» O ma patrie
» La plus chérie,
» Qui a nourri ma jeune enfance.
» Adieu, France! Adieu mes beaux jours!
» La nef qui déjoint nos amours,
» N'a eu de moi que la moitié;
» Une part te reste, elle est tienne;
» Je la fie à ton amitié,
» Pour que de l'autre il te souvienne. »

Voilà, mon cousin, ce que j'avais à vous dire. Maintenant, adieu.

www.ingramcontent.com/pod-product-compliance
Ingram Content Group UK Ltd.
Pitfield, Milton Keynes, MK11 3LW, UK
UKHW021055120726
13693UKWH00006B/2630